SARAH RENNEBERG

Mut zu leben

Ein Kurzroman

Vorwort

Dieser Kurzroman entstand ursprünglich im Rahmen des Thalia Storyteller Awards 2024. Daher richtet sich auch Aufbau und Struktur nach den entsprechenden Vorgaben – ansonsten wäre Ellas Geschichte sicherlich länger gewesen.

Schau vorbei!

Zusätzlich zum Buch gibt es einen Instagramkanal, der die Geschichte bildlich begleitend aus Ellas Sicht darstellt: @ellasreise.

Viel Spaß bei einer kurzen Reise nach Neuseeland.

Sarah

......

Eine zarte Sommerbrise fuhr mir durchs Haar und die Sonne wärmte angenehm mein Gesicht, als ich durch die gut besuchten Straßen Aucklands lief. Während ich an Hochhäusern, Einkaufsläden und Essensständen vorbeikam, blitzten die letzten Wochen in meinen Gedanken auf, bevor ich plötzlich im Flugzeug auf dem Weg ans andere Ende der Welt gesessen hatte.

Zuerst hatte ich voller Schock die Mitteilung gelesen, dass ich durch das erste Staatsexamen meines Jurastudiums gefallen war. In diesem Moment hatten sich zwei Dinge vor meinem inneren Auge abgespielt: all die Tage und Nächte, die ich vor dicken Wälzern gesessen und Wissen in mich hineingezwungen hatte, und die enttäuschten Blicke meiner Eltern, wenn sie hiervon erfahren würden. Schon seit ich ein kleines Mädchen war, hatte es immer den unausgesprochenen Plan gegeben, dass ich nach meinem Juraabschluss, im besten Fall mit Prädikat, in der Anwaltskanzlei meiner Eltern einsteigen würde. Mit Beginn meines Studiums stand zudem außer Frage, dass ich es in Regelstudienzeit abschließen würde. Ich war das einzige Kind, stets der ganze Stolz, stets mit erwartungsvollen Blicken bedacht.

Mit dem Gefühl, auf ganzer Länge versagt zu haben, hatte ich kurz darauf beschlossen, bei meiner besten Freundin Camille vorbeizufahren, um nicht allein sein zu müssen. Doch statt der Unterstützung, die ich mir von ihr erhofft hatte, hatte ich sie mit meinem nun Ex-Freund Brian im Bett erwischt. Und damit hatte sich innerhalb kürzester Zeit der Boden unter meinen Füßen ein zweites Mal aufgetan. *Versagt, abgelehnt, nicht gewollt.* Eine überwältigende Scham hatte mich ergriffen. An diesem Tag hatte eine Stimme in mir ganz laut geschrien, dass ich hier rausmusste, richtig raus. In einer Kurzschlussreaktion hatte ich noch am selben Tag mit meiner Uni telefoniert, um mir eine Auszeit zu nehmen und im Anschluss ein Work-and-Travel-Visum für Neuseeland beantragt.

Mit einem Ruck wurde ich aus meinen Gedanken gerissen, als ich mit jemandem zusammenstieß. Ein gedämpftes *Ufff* entwich mir, während ich um mein Gleichgewicht rang. Ich taumelte nach hinten, als ein Arm nach mir griff und mich daran hinderte, einfach nach hinten umzukippen. Auffallend grüne Augen blickten überrascht in meine, während die Zeit für einen kurzen Moment stillzustehen schien.

»Sorry, da waren wohl zwei in Gedanken«, lächelte der Typ, etwa in meinem Alter, entschuldigend. Er zwinkerte mir kurz zu, bis er eine Sekunde darauf schon wieder verschwunden war. Und dann nahm die Welt um mich herum wieder Fahrt auf.

Noch immer in Gedanken über den Zusammenstoß holte ich mir kurz darauf an einem kleinen Stand am Pier ein Eis – Mango und Vanille, meine Lieblingssorten – und ließ mich auf eine Holzbank ganz in der Nähe nieder. Sanfte Klänge lenkten meine Aufmerksamkeit plötzlich auf ein bunt bemaltes Klavier, welches direkt am Wasser stand und an dem ein junges Mädchen saß. Mit der zarten Melodie im Ohr, und der Süße des Eis auf meiner Zunge ließ ich meinen Blick wieder über das weite, blaue Meer schweifen. Eine angenehme Ruhe umfing mich. Mein Herz fühlte sich leicht an, ein stilles Lächeln bahnte sich auf meine Lippen, und für diesen einen Moment waren jegliche Sorgen und Ängste verschwunden. Ich wusste, jetzt gerade war ich genau am richtigen Ort, und an diesem Ort war alles gut.

......

Die ersten Tage in Auckland vergingen wie im Flug. Im Hostel lernte ich Ava kennen, die zeitgleich mit mir in Neuseeland angekommen war. Gemeinsam entschieden wir jeden Tag aufs Neue, wonach uns war, was wir entdecken und erkunden wollten. Ich fühlte mich, als hätte ich einen schweren Rucksack abgelegt, von dem ich gar nicht gewusst hatte, dass ich ihn trug. Das Leben fühlte sich leicht an, unbeschwert. Hatte ich vor einiger Zeit noch jeden Tag durchgeplant, war ich nun in einer Welt, in der jeder Tag gänzlich ungebunden war. Und so hatte ich auch spontan auf die Anzeige der Familie Wilson reagiert, die auf ihrem Grundstück auf Waiheke Island Unterstützung im Garten suchte und dafür Kost und Logis bereitstellte.

Als ich keine vierundzwanzig Stunden später das Festland immer kleiner werden sah, füllte salzige Meeresluft meine Lungen. Ich fühlte mich berauscht, fast so, als würde ich mit jedem Atemzug Glück einatmen. Ein tiefes Gefühl der Unbeschwertheit durchflutete mich, während die Fähre mit brummender Kraft durch die Wellen glitt. An der Reling stehend breitete ich meine Arme aus, spürte den Wind, der mein T-Shirt flattern ließ und wild durch mein Haar blies. Und mein Lächeln wurde zu einem freudigen Lachen.

Ich begriff mit einem Mal, was es war: Ich fühlte mich frei, frei von Erwartungen, frei von Druck, frei von festgefahrener Struktur, an der ich sonst so verbissen festgehalten hatte. Die Ella von vor wenigen Wochen hatte vor allem vernünftig gehandelt. Die Vernunft hatte wenig Freude erlaubt, hatte keine intensiven Gefühle gekannt. Die Ella von vor wenigen Wochen hatte zielgerichtet und effektiv versucht, die einzig wahre Treppe zum Erfolg zu besteigen.

Die restliche Fahrt genoss ich mit meinem neu gewonnenen Gefühl der Freiheit. Und keine Stunde später lernte ich die Wilsons auf Waiheke Island kennen, bestehend aus Anna, ihrem Mann Bob, der einjährigen Tochter Ruby und Linn.

»Linn kommt aus Schweden und wohnt seit vier Monaten als Au-pair bei uns, sie wird dir bestimmt die Insel ein wenig zeigen«, beendete Anna ihren Satz, als sie mich über das Grundstück führte. Etwas aufgeregt lächelte ich zurück und blieb plötzlich, wie vom Donner gerührt, stehen.

»Wow«, entfuhr es mir, als ich die atemberaubende Aussicht in mir aufnahm. Ich ließ den Blick über grüne Wälder und schließlich das Meer schweifen. Auch wenn die Wellen einige Kilometer entfernt sein mussten, meinte ich, den weißen Schaum auf dem klaren Blau erkennen zu können.

»Willkommen an deinem Arbeitsplatz und in deiner Unterkunft«, strahlte Anna mich an. Mit ausgestrecktem Arm deutete sie nach rechts, und … ich stutzte. Ich konnte nichts außer zugewuchertes Land sehen. Hatte ich bei Gartenarbeit an einen klassischen Garten gedacht, wurde ich nun eines Besseren belehrt. Zwischen all dem Grün stand ein sehr in die Jahre gekommener Wohnwagenanhänger. Beim Nähertreten nahm ich die esslöffelgroßen Löcher in der Außenwand wahr und fragte mich plötzlich, wie viele Insekten diesen Anhänger wohl auch ihr zu Hause nannten. Vorsichtig öffnete ich die leicht quietschende Tür und merkte erst, dass ich die Luft angehalten hatte, als ich sie erleichtert ausatmete. Das Innere des Wohnwagens sah in die Jahre gekommen, aber tatsächlich gemütlich aus, mit einem großen, frisch bezogenen Bett zur Rechten und einer kleinen Sitznische voller bunter Kissen zur Linken. Tierische Mitbewohner waren auf den ersten Blick nicht in Sicht.

……

Während meine Aufgabe, den überwucherten Gartenbereich etwas zu lichten, sich als ziemlich anstrengend herausstellte, hatte es doch etwas sehr Zufriedenstellendes, am Ende des Tages zu sehen, wie nach und nach freie Flächen und Platz für kleine Beete entstanden. Morgens beim Frühstücken begegnete ich meistens Linn, die Ruby beim Essen half, und stellte jedes Mal aufs Neue fest, dass ich mich in Deutschland zu so früher Stunde nie so wach gefühlt hatte wie hier. Mit Handschuhen und Spaten ging es anschließend an die Arbeit. Ich jätete, hackte und pflanzte, bis die Sonne tief am Himmel stand. Abends bekam ich jedes Mal eine köstlich warme Mahlzeit und fühlte mich trotz der kurzen Zeit fast schon wie ein Teil der Wilsons.

An einem der typischen gemeinsamen Abende saßen wir wieder alle an dem großen hölzernen Esstisch im Wohnzimmer. Ich nahm mir gerade eine zweite Portion Curry, als mich Anna neugierig fragte, wie ich ursprünglich auf die Idee gekommen sei, nach Neuseeland zu reisen. Ich wand mich innerlich leicht. Die Vorstellung, die Wahrheit zu erzählen, dass ich in der Uni versagt hatte und schließlich auch meinem Freund nicht gut genug gewesen war, löste ein beklemmendes Gefühl in mir aus. Als sich die Stille jedoch immer weiter ausdehnte und Anna mich erwartungsvoll ansah, gab ich schließlich eine Kurzversion der Geschehnisse preis. Anschließend konzentrierte ich mich schnell wieder auf mein Essen. Ich konnte jetzt keine kritischen Blicke sehen, die mir meinen Fehlschlag ein weiteres Mal vor Augen führen würden. Doch dann passierte etwas Seltsames: Anna und Bob nickten beide mit einem Ausdruck im Gesicht, der, wenn ich mich nicht ganz täuschte, Anerkennung ausdrückte. Verwirrung machte sich in mir breit. Hatten sie mich richtig verstanden? Hatte ich mich womöglich auf Englisch falsch ausgedrückt? Doch da ergriff Bob schon das Wort.

»Das klingt ja nach einem anspruchsvollen Studium. Kein Wunder, dass du mal eine Pause brauchst«.

Anna nickte zustimmend und ergänzte: »Es ist großartig, dass du dich einfach mutig auf den Weg ans andere Ende der Welt gemacht hast. Das gilt natürlich auch für Linn«, zwinkerte sie ihrem Au-pair zu.

Ihre warmen Worte berührten mich. So hatte ich all die Geschehnisse tatsächlich noch nie betrachtet. So betrachtete es auch niemand aus meinem Umfeld. Nachdem ich meinen Eltern erst kurz vor meinem Abflug mitgeteilt hatte, dass ich die nächsten Monate

nicht mit einem neuen Lernplan am Schreibtisch sitzen würde, hatten sie vehement versucht, mich umzu-
stimmen, mein kindisches Verhalten, den *sinnlosen Ab-
stecher* zu beenden. Ich hätte eine Verantwortung zu
tragen, sollte mich um meine Zukunft kümmern, um
etwas zu werden. Hatten sie recht? Ich hatte diesen
Plan bis vor Kurzem nie infrage gestellt. Ich wollte
schließlich meine erfolgreiche Zukunft, oder? Und
dafür musste man schließlich mit dem Kopf voraus
und durfte sich nicht von kurzfristigen Gefühlsaus-
brüchen leiten lassen. Und nun hatte ich genau Letz-
teres getan.

Auch als ich einige Zeit später unter meiner warmen
Decke lag, kreisten die Gedanken weiter in meinem
Kopf.

......

Am nächsten Tag gaben mir die Wilsons frei, damit Linn mir die Insel zeigen konnte. Wohin wir gingen, wollte sie mir allerdings nicht verraten. Nach kurzer Zeit wechselten wir von der Straße auf einen schmalen, steinigen Weg. Mein Blick glitt immer wieder zu dem glitzernden Meer, das sich alle paar Schritte zwischen dem Grün um uns herum auftat. Diese ewige Weite ließ mich ehrfürchtig werden. Die Welt wirkte so groß von hier und plötzlich erschienen mir all meine Sorgen und Probleme dagegen viel kleiner als noch in Deutschland.

Keine halbe Stunde später kündigte Linn an, dass wir da waren. Vor uns offenbarte sich eine einsame kleine Bucht, und sofort zog ich begeistert meine Sandalen aus, genoss den weichen Sand unter meinen Füßen. Umgeben von Fels und Bäumen war dieser Ort unheimlich gut getarnt. Ich zog den Reisverschluss der Tasche auf, in der wir Handtücher und Snacks mitgebracht hatten. Als ich gerade mein Handtuch ausbreiten und mich darauf niederlassen wollte, schüttelte Linn grinsend den Kopf. Sie deutete hoch zu einem Felsen zu unserer Linken.

»Das hier ist ein sicherer Spot. Also Bikini anziehen, hochklettern, herunterspringen«, kam die klare Anweisung aus ihrem Mund. Mitten in meiner

Bewegung hielt ich inne und sah sie entgeistert an. *Sicherlich nicht*, hörte ich die Stimme der Vernunft in meinem Kopf sprechen, bestärkt von einer sehr lauten Stimme der Angst, die mir vor Augen führte, dass ich keine Person war, die solch waghalsigen Dinge tat.

Ich war Ella, strebsam und vernünftig, vielleicht ein wenig ängstlich. Struktur und Plan gaben meinem Leben Sicherheit. Ich war Ella, die stets eine Lösung präsentieren konnte, immer wusste, was sie tat, und erfolgreich war in dem, was sie tat. Nun, bis vor Kurzem zumindest. Ella, die …

Ich stockte, denn in dem Moment realisierte ich, dass all diese Dinge im Hier und Jetzt völlig fehl am Platz, ja gar unbrauchbar waren. Es war, als hätte sich plötzlich der Maßstab geändert, als würden alle Dinge, die vorher wichtig und relevant schienen, an Bedeutung verlieren. Ein verwirrendes Ziehen machte sich in meinem Herzen breit und ich konnte nicht sagen, ob ich es angenehm oder störend fand.

Während mir die Gedanken durch den Kopf rasten, tat sich mir eine weitere Frage auf: Wer war *ich* denn an diesem Ort, an dem ganz andere Regeln galten? Wer wollte ich sein?

Eine nervöse Aufregung machte sich in mir breit, und bevor ich mich versah, blickte ich neben Linn etwa sieben Meter in die Tiefe. Angst kam wieder in mir auf, eine Stimme rief immer lauter, *nein, stopp*. Aber da war noch eine andere Stimme, eine Stimme, die leise flüsterte: *Ella, die mutig ist, das könnest du auch sein* ...

....

Das Wasser war eiskalt, als ich eintauchte. Für einen kurzen Moment wurde die Welt um mich herum still und mit ihr meine rasenden Gedanken. Dann kam ich mit einem Keuchen wieder an die Oberfläche, spürte das Adrenalin durch meinen Körper rauschen und das Leben nahm wieder Fahrt auf. Ein unerwartetes Jauchzen entfuhr mir und schnell begab ich mich aus der Sprungzone, als Linn mir bereits mit einem lauten Kreischen nachsprang. Als sie wieder auftauchte, lachte sie.

»Ich liebe dieses Leben!«

Und in diesem Moment nahm ich meine Umgebung mit einer plötzlichen Intensität wahr: Das Meer tanzte um uns herum, die Sonne thronte am Himmel und der melodische Gesang der Vögel klang durch die Luft.

»Wuhuu«, schrie ich in die Weite. Ich fühlte mich so lebendig wie nie zuvor. Ich war frei wie nie zuvor.

Als ich es mir abends nach einer warmen Dusche im Wohnwagen gemütlich machte, hatte ich das Gefühl, dass irgendetwas anders war. Die vergangenen Tage in Auckland und bei den Wilsons spielten sich vor meinem inneren Auge ab. Das Leben hier war so voller Farben, Geräusche und Eindrücke, von denen ich nie gewusst hatte, dass es sie geben konnte. Und dann war da wieder dieses Ziehen in meinem Herzen. Fast hätte ich es als Sehnsucht beschrieben. Sehnsucht nach mehr von all dem hier, mehr von der Person, die ich hier sein durfte, mehr von den so warmherzigen Menschen um mich herum, mehr von der Leichtigkeit. Da war dieses Gefühl von Freiheit, dieses Flüstern der Möglichkeiten, das mir versprach, dass das Leben noch viel mehr zu bieten hatte, als ich mir überhaupt vorstellen konnte.

Mein bisheriges Leben hatte ich nie infrage gestellt. Auf selbstverständliche Art passte ich zu meinem gesellschaftlichen Umfeld, passte in das Verständnis, mit dem ich aufgewachsen war. Jetzt befand ich mich plötzlich auf einem völlig anderen Lebensabzweig wieder, fremd und gleichzeitig berauschend. Und das Leben ging einfach weiter. Ich hörte meinen Verstand, der sagte, dass der richtige Weg in Deutschland lag, in all den Zielen, für die ich so hart gearbeitet hatte. Nur wie konnte sich gleichzeitig mein Herz so hartnäckig weigern, das Glück loszulassen, das es hier verspürte? Wer hatte recht, Herz oder Verstand? Was war echt, was war Illusion?

Ich fühlte mich gefangen zwischen dem ständigen Hin und Her zwischen den Welten, den Realitäten, den Wahrheiten, die sich mir doch wieder entzogen, sobald ich dachte, sie ergriffen zu haben. Und immer unangenehmer drängten sich die Fragen in meinem Kopf und wurden zu einem dichten, undurchdringlichen Nebel: Wenn hier vor Ort meine bisherigen Regeln nicht wichtig waren, waren sie es dann je gewesen? Wie viel bedeutete mein bisheriges Verständnis einer Weltordnung darüber, was im Leben sinnvoll und von Wert war? Oder konnte etwas gleichzeitig bedeutungslos und doch bedeutsam sein?

......

Mein Kopf rauchte und ich hatte plötzlich das starke Bedürfnis, irgendeine andere Stimme zu hören, statt des stetigen Rauschens meiner Gedanken. Da Linn und die Wilsons um die Uhrzeit bereits schliefen, fiel mir nur Ava ein, mit der ich mich bei meiner Ankunft in Auckland auf Anhieb gut verstanden hatte. Ohne lange nachzudenken, wählte ich ihre Nummer.

»Hallo?«, meldete sich eine dunkle Männerstimme.

Verwirrt blickte ich aufs Display. Hatte ich mich verwählt? Irgendwoher kannte ich diese Stimme, wusste aber nicht, woher.

»Ähm, hallo, wer ist denn da?«, fragte ich schließlich.

»Jay, Jay Hastings, persönlicher Assistent und Anrufbeantworter von Ava«, kam die prompte Antwort mit solch einer Ernsthaftigkeit, dass ich spontan lachen musste.

Nachdem sich herausgestellt hatte, dass Jay nicht Avas persönlicher Assistent war, sondern lediglich für sie auf ihr Handy aufpassen sollte, fielen wir in ein lockeres Gespräch. Ich erfuhr, dass er seine ersten Lebensjahre in Deutschland aufgewachsen war, nach der Grundschule aber mit seinen Eltern nach Kanada umgezogen war, wo die Familie seiner Mutter herkam. Gerade erzählte er mir begeistert von seiner Idee, sein Sozialwissenschaftsstudium in Australien fortzuführen, als ich plötzlich laute Schritte und schließlich Ava hörte:

»Jay! Was zur Hölle machst du an meinem Handy?«

Als wäre es das Normalste der Welt, erwiderte dieser: »Mit Ella telefonieren, sie hat angerufen«.
Avas Kopfschütteln hatte ich bildlich vor Augen.

»Gib mir mal Ella«, seufzte sie leicht genervt, und dann klang ihre Stimme direkt in den Hörer.

»Ella? Sorry, er sollte eigentlich nur aufpassen.«
Ich unterdrückte ein Lachen.

»Kein Problem, sag deinem Assistenten, dass es nett war, ihn kennenzulernen.«

......

Ich schirmte meine Augen vor der Sonne ab, als ich zwei Tage später die Fähre zurück nach Auckland betrat und den Wilsons ein letztes Mal zuwinkte. Als ich schließlich doch noch mit Ava telefoniert hatte, hatte sie mir voller Begeisterung vom Norden Neuseelands erzählt, den sie die letzten Tage bereist hatte. Dort hatte sie Liam und Jay kennengelernt, die weiter in einen kleinen Ort namens Te Puke, südlich von Auckland, reisen wollten, um dort auf einer Kiwi-Plantage zu arbeiten. Während unseres Telefonats hatten Ava und ich beschlossen, uns den beiden anzuschließen, da wir beide jeweils den Großteil unserer Ersparnisse für den Flug nach Neuseeland aufgebraucht hatten. Meine Zeit bei den Wilsons hatte sich sowieso dem Ende geneigt, daher hatten wir uns direkt zum Wochenende zu viert in Auckland verabredet.

An der Bushaltestelle in Auckland, an der wir vier uns treffen wollten, setzte ich erleichtert meinen schweren Backpack ab. Keine fünf Minuten später kamen drei weitere bepackte Personen um die Ecke, und eine davon erkannte ich sofort, Ava! Strahlend umarmten wir uns zur Begrüßung. Mein Blick glitt zu den beiden jungen Männern, die gerade ebenfalls ihre Backpacks abluden. Dann stellte mich Ava den beiden vor.

»Das ist Liam«, sie deutete auf den Typen mit den kurzen, dunkelblonden Haaren, der mir daraufhin mit einem freundlichen Lächeln seine Hand entgegenstreckte. »… Und das ist Jay. Na ja, ihr habt ja bereits gesprochen«, fügte Ava mit einem Augenrollen an den dunkelhaarigen Typen gewandt hinzu.

Ich stutzte, als ich zu ihm blickte, und konnte meinen Augen nicht trauen. Da waren sie wieder, auffallend grüne Augen, die mich intensiv musterten. Eine Falte bildete sich zwischen Jays Augenbrauen und dann verzogen sich seine leicht geschwungenen Lippen zu einem breiten Lächeln.

»Du hast mich umgerannt«, sagte er. Eine Feststellung, keine Frage. Seine Augen funkelten amüsiert, als auch er mir seine Hand entgegenstreckte. Noch etwas perplex spürte ich den warmen, festen Griff seiner Hand, während Ava interessiert zwischen uns hin und her blickte.

An sie gerichtet erwiderte ich: »Es war genau andersherum: Dein Anrufbeantworter hier ist an meinem dritten Tag in Neuseeland in mich reingerannt.«

Mit Schwung ließ sich Jay im Bus auf den Platz neben mir nieder. Er fuhr sich mit einer Hand durch die etwas wilden, dunklen Haare, als er sagte:

»Und, meinst du, es war Schicksal?« Meine Augenbrauen hoben sich und ich unterdrückte ein Grinsen.

»Bitte was?«

Doch da winkte Jay schon ab.

»Du hast recht, Schicksal gibt es nicht. Tatsächlich müssten wir sonst von einem übergeordneten Sinn ausgehen.«

Meine bisherige Reaktion erschien mir noch immer die passende zu sein, daher wiederholte ich sie:

»Bitte was, Jay?«

Er grinste plötzlich verlegen. »Sorry, ich wollte eigentlich nur einen Witz machen, kam irgendwie nicht an.«

Ich stupste ihn spielerisch in die Seite und schüttelte den Kopf. Als sich unsere Blicke daraufhin ein weiteres Mal trafen, wurde mir eins klar: Dieser Mann konnte mir ganz schön gefährlich werden. Und das lag nicht nur daran, dass ich ihn auffallend gutaussehend fand. Jay sprühte all das aus, wovon ich mich früher ferngehalten hatte: vorneweg Abenteuer, Spontanität und, wie ich mir traurigerweise eingestehen musste, die pure Lebensfreude.

Ich stellte fest, auch in Person war es leicht, sich mit ihm zu unterhalten. Und irgendwann fragte ich ihn dann doch, was er zu Beginn der Fahrt mit *dem Sinn* gemeint hatte.

»Nach dem Philosophen Camus ist das Leben ein absurdes Streben nach Sinn in einer sinnlosen Welt«, sagte Jay, als wir gerade in Te Puke ankamen, und fügte hinzu: »Du lebst im Universum für den Bruchteil einer Sekunde. Hat unser Leben am Ende also wirklich eine Bedeutung?«

......

Liebliche Musik an meinen Ohren, Wellen brachen sanft zu meiner Rechten. Aber ich wusste, nichts davon war echt. Nichts davon hatte Bedeutung. Beklemmung machte sich in mir breit. Meine Füße setzten sich in Bewegung, ein Schritt nach dem anderen. Ich lief und lief, immer schneller und schneller. Und doch blieb ich auf der Stelle stehen, kam nicht vorwärts, rannte und blieb doch, wo ich war. Das Meer schien immer wilder zu werden, es schäumte, bäumte sich auf, nur um in einem lauten Krachen wieder zusammenzufallen. Es war, als würde es schreien: »Schau dir meine Kraft an, schau, ich bin bedeutsam.« Ich wandte mich ab, denn es war alles nur Illusion. Mein Herz schrie und mein Kopf rief immer verzweifelter, ich solle weg, raus aus all dem, was doch keinen Sinn hat. Und ich schrie zurück: »Ich will doch, aber ich kann nicht. Ich kann nicht entkommen«, und die eben noch so liebliche Musik wurde immer schneller, lauter, hektischer … Mit einem Keuchen fuhr ich aus dem Bett hoch.

Die Tage darauf wurde mein Traum mehr und mehr zu einem dumpfen, weit entfernten Echo, während ich in Te Puke meiner nun neuen täglichen Routine nachging. Mein Wecker klingelte jeden Morgen um Punkt sechs, worauf Ava und ich uns stöhnend aus dem Bett schwangen und die Jungs beim Frühstück trafen. Tagsüber begleiteten mich der typische Geruch von Sonnencreme und die sanften Töne von

Enya, während die Kiwibäume endlos grüne Tunnel bildeten. Mit einer Heckenschere in der Hand schnitt ich, wie es mir gezeigt wurde, hier und da Zweige von den Bäumen und hinterließ eine Spur dünner Äste hinter mir. Jeden Abend spielten wir mit einer Reihe anderer Reisender verschiedenste Kartenspiele, bis wir erschöpft, aber zufrieden im Bett lagen. Und immer mehr fühlte ich mich, als hätte ich in Neuseeland ein zweites Leben beginnen dürfen, als durfte ich mich ganz neu kennenlernen, während niemand, nicht mal ich selbst, Erwartungen an mich richtete.

......

Anstatt der Heckenschere erhielten wir heute alle eine kleine Leiter. Es galt, die Baumranken in der richtigen Richtung um gespannte Schnüre zu wickeln, die wie ein Dach nach oben führten. Musik auf den Ohren, warme Sonne auf der Haut, stieg ich die kleine Leiter hoch, stand plötzlich über den Blättern und hielt ehrfürchtig inne. Waren die ewig langen Reihen an Bäumen vorher schon eindrucksvoll gewesen, zeigte sich hier noch einmal eine ganz neue Perspektive. Grün, so weit das Auge reichte. Ich atmete tief ein, als Jay plötzlich zwischen den Blättern neben mir auftauchte.

»Als bestehe die ganze Welt aus Kiwibäumen, oder?«, fragte er und folgte meinem Blick.

»Ja«, hauchte ich. »Von hier oben scheint alles, was vorher so wichtig war, plötzlich so klein, fast unwichtig.«

Jay grinste leicht. »All die Streitereien, wer den Müll rausbringt, die ganze Hektik am Tag, ...«

Ich musste schmunzeln, und dann brachten mich meine Gedanken zurück nach Deutschland. All das, woran ich mich zu Hause festgeklammert hatte, war mir immer so überlebenswichtig, alternativlos erschienen. Aber war es das wirklich gewesen? Konnte auch alles eine Illusion gewesen sein, etwas, das ich einfach als Wahrheit und als gegeben akzeptiert hatte?

Jay schien meine nachdenkliche Stimmung zu spüren, als er sagte:

»Was, wenn wir alle wichtigen Momente unseres Lebens verpassen, weil wir die ganze Zeit an unserer Zukunft arbeiten oder in der Vergangenheit hängen? Ich meine, wofür leben wir dann eigentlich?«

......

Die Sonne war bereits hinter dem Horizont verschwunden; Letzte rötlich-goldene Farbtöne erhellten den Himmel, während sich langsam die Dunkelheit über uns senkte. Ich ließ meinen Blick über die kleineren und größeren Grüppchen gleiten und stellte fest, dass sich an diesem lauen Abend fast alle Backpacker aus dem Hostel am knisternden Lagerfeuer eingefunden hatten. Die flackernden Flammen hatten fast etwas Magisches, beleuchteten die Umrisse der anderen und ließen Schatten auf ihren Gesichtern tanzen. Gedankenverloren spießte ich das kleine weiße Marshmallow, das Ava mir reichte, auf meinen Stock und hielt es an den Rand der Flammen.

In diesem Moment klangen die ersten Gitarrenklänge zu uns herüber. Ein paar Meter entfernt sah ich Pablo, einen Spanier, der ebenfalls auf den Kiwi-Plantagen arbeitete, mit seiner Gitarre. Um ihn herum saßen noch zwei weitere Backpacker, deren Gesichter ich im Schein der Flammen nicht ausmachen konnte. Dann stimmten sie nach und nach in einen Gesang ein. Eine leicht melancholische Stimmung breitete sich aus, während ich gleichzeitig eine unheimliche Verbundenheit inmitten all dieser anderen Menschen spürte und mich eine angenehme Ruhe überkam. In das Lied versunken summte ich mit: *Dust in the wind (ah, aah, aah). All we are is dust in the wind. Oh, oh, oh.*

Wann hatte ich zuletzt so intensiv wahrgenommen, einfach zu *sein*? Wann hatte ich mich das letzte Mal weder gedrängt noch gezogen gefühlt? Mit einem Mal tauchten meine letzten Lebensjahre vor meinem inneren Auge auf. Ich war stets damit beschäftigt gewesen, *etwas zu werden.*

Während ich in die Flammen schaute, fragte ich mich plötzlich, warum ich überhaupt etwas werden musste. Und dann spürte ich tatsächlich Wut und vielleicht war da auch Trauer. War ich nicht gut genug, so wie ich war? Sollte mein Wert nicht an meinem *Sein* und nicht an meiner Zukunft festgemacht werden? Stets hatte ich nach guten Resultaten gestrebt: dem anerkennenden Nicken, wenn mir eine gute Arbeit zurückgegeben wurde, den zuversichtlichen und stolzen Worten meiner Familie, die bestärkten, dass aus mir *wirklich etwas werden könnte.* Ich hatte mich mit anderen verglichen, versucht mitzuhalten, versucht, so zu sein wie sie, versucht, besser zu sein. Hatte ich mich auf dem Weg womöglich selbst verloren? Hatte ich die wirklich wichtigen Momente verpasst, nicht das *Jetzt* gelebt, weil ich zu beschäftigt mit meinen Sorgen und der Zukunft gewesen war?

Tief atmete ich ein, nahm den rauchigen Geruch des Feuers wahr. Erstmals fragte ich mich, ob ich tatsächlich mein eigenes Leben gelebt hatte oder womöglich das Leben der Menschen um mich herum.

Und plötzlich sah ich wieder die Bilder aus meinem Traum vor mir und Jays Worte hallten in meinem Kopf: *Sinnlos, was hat am Ende überhaupt Bedeutung?*

Bis vor Kurzem war ich fest davon überzeugt gewesen, dass die Menschen um mich herum, angefangen bei meinen Eltern, alle auf einem klar definierten Weg waren. Einem Weg, der zwischen Richtig und Falsch unterschied, auf dem es wichtig war, den *richtigen* Abzweigungen zu folgen. Doch was, wenn es keinen vorgezeichneten Pfad gab, keine Instanz, die wirklich wusste, was im Leben wichtig war? Wer sollte mir dann sagen, was es wert war, dafür zu leben? Wer sollte mir sagen, ob ich mein Leben richtig lebte, wann ich erfolgreich war, was mich wertvoll machte? Was, wenn tatsächlich nichts einen Sinn hatte?

......

»Sag mal, warum folterst du dein Marshmallow?«, riss mich Ava mit hochgezogenen Brauen aus meinen Gedanken.

Sie deutete auf das schwarze Etwas vor mir und erschrocken zog ich den Stock zurück, leider eindeutig zu spät. Avas Kichern ging in ein Gähnen über.

»Ich mache mich mal auf ins Bett, wie sieht es bei dir aus?«

Fragend sah sie mich an, als sie sich streckte und anschließend aufrichtete. Ich überlegte kurz, stellte aber fest, dass ich es hier draußen viel zu sehr genoss, um bereits schlafen zu gehen.

»Ich bleibe noch kurz und komme später nach«, lächelte ich zurück.

Während ich Ava nachblickte, die nun zum Hostel trottete, hörte ich, wie jemand an mich herantrat.

»Hey«, klang eine tiefe Stimme an mein Ohr.

Ich versuchte, das aufkommende Kribbeln in meinem Bauch zu unterdrücken, aber es gelang mir nicht.

Jay ließ sich neben mir nieder und betrachtete kritisch das verbrannte Marshmallow.

»Sollte das nicht goldbraun sein?«, grinste er mich an.

Ich rollte mit den Augen.

»Wer hat denn festgelegt, wie das perfekte Marshmallow auszusehen hat? Darf es nicht sein, wie es will?«

Jays Lippen verzogen sich daraufhin amüsiert. »Ja …«, sagte er gemächlich, »aber verbrannt schmeckt es nicht.«

Herausfordernd blickte ich ihn an. »Und was, wenn ich es genau so am liebsten mag?«
Die Heftigkeit, mit der mein letzter Satz aus mir herausgekommen war, überraschte mich selbst. Leichte Verwirrung spiegelte sich in Jays Gesicht und abwehrend hob er die Hände.

»Reden wir hier immer noch über Marshmallows?«
Mein Blick glitt von ihm zurück zum Feuer.

»Nein, wahrscheinlich nicht«, murmelte ich schließlich.

»Was macht dich dann so wütend?«, fragte er und stupste mir mit dem Finger leicht in die Seite.

»Ich bin nicht wütend«, sagte ich lauter als beabsichtigt und klang … wütend.
Stöhnend schlug ich mir die Hände vors Gesicht.

»Sorry, du darfst dich gerne zu besser gelaunten Menschen setzen«, sagte ich und versuchte mich vergeblich an einem fröhlichen Gesichtsausdruck.

Jay musterte mich und schüttelte den Kopf. Ein schräges Lächeln breitete sich in seinem Gesicht aus.

»Ich bin schon richtig hier.« Im nächsten Moment hatte er neben sich gegriffen und hielt mir grinsend ein neues Marshmallow hin.

»Grill es, wie auch immer du möchtest.

Unsere Fingerspitzen berührten sich, als ich das Marshmallow entgegennahm. Und diese kurze Berührung reichte, um mir einen prickelnden Schauer durch den Körper zu jagen. Schnell sah ich zu Jay, vielleicht um sicherzugehen, dass er nicht merkte, was in mir vorging. Doch als sich unsere Blicke trafen, ruhte sein durchdringender Blick bereits auf mir. In seinen Augen spiegelte sich der flackernde Schein des Feuers. Und plötzlich war ich mir unserer Nähe nur allzu bewusst, spürte die Wärme, die von ihm ausging. Es bräuchte nur ein paar Zentimeter und …

»Ella, gut, dass du noch da bist!«
Ich zuckte zurück, als plötzlich Avas Stimme ertönte. Als ich zu ihr aufblickte, sah sie etwas erschrocken zwischen Jay und mir hin und her.

»Ohh … sorry, ich wollte nicht stören«, sagte sie etwas verlegen. »Ich suche nur mein Handy, liegt es hier irgendwo?«

Glücklicherweise fanden wir es tatsächlich direkt neben uns. Mit dem Handy in der Hand und einem verschwörerischen Lächeln auf dem Gesicht sah Ava noch einmal zwischen Jay und mir hin und her.

»Habt noch einen schönen Abend, ihr beiden«, flötete sie.

Dann drehte sie sich um und verschwand in der Dunkelheit.

......

Der Moment war vorbei und leicht verlegen blickten Jay und ich in die Flammen. Vorsichtig betrachtete ich ihn aus den Augenwinkeln, nahm seine gerade Nase, seine vollen, leicht geschwungenen Lippen wahr, seine dunklen Haare, die ihm leicht in die Stirn fielen. Und ein weiteres Mal musste ich mir eingestehen, wie unglaublich attraktiv ich ihn fand. Aber da war noch mehr: sein dunkles Lachen, wenn wir beisammensaßen, und dieses helle Funkeln in seinen Augen. Da war die Abenteuerlust, die ihn mit solch einer Lässigkeit umgab, und … ich stoppte mich selbst in meinen Gedanken. Ich sollte Jay nicht auf diese Art gut finden. Er wollte Abenteuer und ich war nicht bereit zu riskieren, noch einmal liegen gelassen zu werden, sobald ich nicht mehr genügte.

»Hey«, durchbrach Jay plötzlich die Stille. »Willst du über vorhin reden?« Verwirrt sah ich ihn an, während ich wieder unseren Moment vor Augen hatte, kurz bevor Ava aufgetaucht war. Unsicherheit überkam mich. Was erwartete er zu hören? Da wirkte Jay plötzlich verlegen.

»Dein verkohltes Marshmallow, meine ich.«
Eine Welle der Erleichterung durchfuhr mich, nur um dann einer neuen Form von Anspannung zu weichen. Doch Jays Blick lag weiter auf mir, sanft, voller Ruhe und ließ mich Sicherheit verspüren. Und dann

formten sich erste Worte zu Sätzen. Ich erzählte ihm von all der Verwirrung in mir, von meiner bisher festen Überzeugung, dass es den einen besten Weg im Leben gab. Dass ich nun entgegen aller Vorgaben hier war und gar nichts Schlimmes passiert war, es sich sogar richtig gut anfühlte und mich dies umso orientierungsloser fühlen ließ.

»… Und dann sagst du mir, es hat sowieso alles gar keinen Sinn«, schloss ich.

Jays Augen weiteten sich überrascht.

»Ella, dann habe ich mich nicht richtig ausgedrückt. Ja, ich glaube nicht an einen allgemeinen Sinn. Aber für mich ist der Gedanke, dass nichts einen Sinn hat, befreiend. Wenn es keinen übergeordneten Sinn gibt, habe ich die Freiheit, meinen eigenen zu erfinden, selbst zu entscheiden, was für mich Bedeutung hat.«

Dann grinste er und fuhr fort: »Niemand entscheidet für mich, wie viel Bedeutung das pünktliche Rausbringen des Mülls hat.« Etwas ernster sprach er weiter: »Nichts hat doch eine Bedeutung aus sich heraus. Und deswegen versuche ich auch, mir nicht vorschreiben zu lassen, was gut und wichtig für mich sein soll.« Er lachte leise. »Die Betonung liegt hier auf *versuchen*, sowas lässt sich immer leicht sagen. Aber am

Ende sind es nur wir selbst, die den Dingen Bedeutung geben können.«

Bei seinen letzten Worten blickte ich auf und plötzlich waren sich unsere Gesichter ganz nah. Unsere Blicke verfingen sich ineinander und ich fragte mich, was er sah, wenn er mich anschaute. Die Luft zwischen uns schien zu vibrieren, als Jay mir sanft ein Haar hinters Ohr schob. Gefangen im flackernden Grün seiner Augen setzte mein Herz einen Schlag aus. Ich spürte seinen warmen Atem an meinem Gesicht, seine Lippen legten sich federleicht auf meine …

Und dann tauchte plötzlich das Bild von meiner ehemals besten Freundin und meinem Ex-Freund vor meinem inneren Auge auf, wie sie gemeinsam im Bett lagen. Und diese Erinnerung brachte mich wieder in die Realität. Ich zuckte zurück, brachte Abstand zwischen Jay und mich. Ja, ich wollte Abenteuer in Neuseeland, aber ich konnte nicht Jays sein. Ich wusste, dass ich hier weg musste, ich durfte es nicht weiter kommen lassen.

Mit einem gestotterten »Ich, ähm, muss rein zu Ava«, sprang ich auf und lief in die Dunkelheit davon.

……

Die Tage nach dem Lagerfeuer war ich Jay bestmöglich aus dem Weg gegangen, hatte dabei seine verwirrten Blicke und Avas fragend hochgezogene Augenbrauen vermieden. Hatte ich am Anfang vor allem noch Jays Verletztheit wahrgenommen, schien diese mit der Zeit einer kühlen Distanziertheit gewichen zu sein.

Nun saß ich neben Ava, mit Blick auf Liam und Jay in der Reihe links vor uns in einem Bus, der uns in knapp zweieinhalb Stunden nach Taupo bringen würde. Da ich Lust auf eine kleine Auszeit vom Arbeiten gehabt hatte, Ava aber auch nicht von dem Zwischenfall mit Jay erzählen wollte, hatte ich dem gemeinsamen dreitägigen Ausflug wohl oder übel zugestimmt. Während die Natur sich draußen in all ihrer Pracht zeigte und wir an grünen Wiesen, dichten Wäldern und blauen Seen vorbeifuhren, wanderte mein Blick immer wieder zu Jay. Und nicht nur einmal begegneten mir dabei durchdringend grüne Augen.

Als mich Ava irgendwann leicht in die Seite stieß, zuckte ich erschrocken zusammen. Mit leichter Belustigung blickte sie zwischen uns hin und her, woraufhin ich die restliche Fahrt jeden weiteren Blick Richtung Jay vermied.

Nachdem wir im Hostel angekommen und unsere Backpacks in dem kleinen, aber liebevoll eingerichteten Mehrbettzimmer abgestellt hatten, beschlossen Ava und ich, uns auf den Weg zu den *Huka Falls* zu machen, während die Jungs den nächsten Supermarkt suchen wollten.

Wir waren gerade erst losgelaufen, da brach es aus Ava heraus: »Jetzt mal ehrlich, Ella, was ist das zwischen dir und Jay?«

Während mir das *Nichts* bereits auf der Zunge lag, überzeugte mich ihr ehrlich neugieriger Blick, ihr von dem Abend am Lagerfeuer zu erzählen. Nachdem ich geendet hatte, hatte sie einen gequälten Ausdruck im Gesicht, der neben einem unterdrückten Lachen eine Mischung aus Verzweiflung und Mitgefühl ausdrückte. Ich hörte, wie sie tief durchatmete.

»Das erklärt einiges.«

Mein Blick schien Frage genug, denn sie fuhr fort: »Na diese sehnsüchtigen Blicke, die ihr euch zuwerft.«

Ich wollte protestieren, doch Ava ließ mich nicht zu Wort kommen.

»Bist du glücklich hier in Neuseeland?«
Sofort erschienen all die eindrücklichen Erlebnisse, die Lebensfreude der letzten Woche vor meinem inneren Auge und ich nickte.

Avas Blick wurde weich: »Wovor hast du denn Angst?«

Unerwartet machte sich ein dicker Kloß in meinem Hals breit. Da waren sie wieder, die Gefühle von dem Tag, an dem ich nicht nur alle Studienerwartungen enttäuscht hatte, sondern auch noch erfahren musste, dass mich die zwei wichtigsten Menschen in meinem Leben hintergangen hatten. *Versagt, abgelehnt, nicht gewollt, beschämt*, hörte ich in meinem Kopf. Und dann erzählte ich Ava plötzlich alles.

Als ich endete, sah sie mich entgeistert und wütend an: »Wow, was für ein Arsch, und diese Freundin auch!« Mir entfuhr ein trauriges Lachen, da berührte Ava mich sanft an der Schulter.

»Ella, du weißt aber, dass nichts davon deine Schuld ist, oder? Du hast einfach richtig beschissenes Pech gehabt.«

Zögerlich nickte ich, die Schuldgefühle hatten inzwischen tatsächlich nachgelassen. Avas Lippen verzogen sich zu einem Lächeln.

»Dein richtig beschissenes Pech hat dich vielleicht nachträglich auch glücklich gemacht, indem es dich nach Neuseeland gebracht hat …« Dann zuckte sie mit den Schultern. »Wir können die Zukunft nicht kontrollieren, und wenn aus schlechten wie guten

Dingen Gutes kommen kann, warum dann nicht dem Leben die Chance geben, dich positiv zu überraschen?«

......

Wir mussten den Huka Falls inzwischen ganz nah sein. Neben uns rauschte ein Fluss und erstrahlte in einem Türkis, das ich so noch nie gesehen hatte. Während ich auf dem staubigen Boden einen Schritt vor den anderen setzte, verstand ich mit einem Mal, was Ava mir mit ihren Worten eigentlich gesagt hatte.

Dann durchbrach ihr verzücktes »Wow« meine Gedanken, und im nächsten Moment sah ich es auch: Kraftvolles, glitzerndes, wild schäumendes Wasser, türkisfarben und kristallklar fiel es tosend in die Tiefe. Und genau dieser Anblick brachte Avas Worte auf den Punkt: Jetzt in diesem Augenblick war ich tatsächlich dankbar dafür, dass meine Pläne in Deutschland nicht aufgegangen waren.

Gemeinsam versanken wir in dem atemberaubenden Ausblick. Dann stieß Ava mich leicht von der Seite an.

»Tut mir leid, ich wollte dich eben nicht belehren.«
Irritiert blickte ich sie an, und dann nahm ich sie ganz spontan in den Arm.

»Ich bin dir dankbar für deine Worte, ehrlich«, gab ich zurück. Dann grinste ich sie an.

»Von wie vielen Leben hast du deine Weisheit gewonnen?«

Ava prustete kurz los, dann wurde ihr Blick plötzlich ernst. Ihre Augen glitten über das türkisfarbene Wasser, als sie sprach:

»Genau genommen habe ich mich mit diesen Themen auch schon auseinandergesetzt. Das ist aber keine Geschichte für jetzt.«

Ihr Mund verzog sich zu einem schrägen Lächeln, und in dem Moment wusste ich, dass auch sie etwas erlebt haben musste, dass ihr den Boden unter den Füßen weggerissen hatte. In ihren Augen lag etwas Trauriges, doch mit gefasster Stimme sprach sie weiter:

»Mir wurde mal gesagt, dass ich die Tür nicht nur für das Glück öffnen und alle anderen Gefühle aussperren kann. Entweder erlaube ich allen Gefühlen Eintritt oder keines schafft es hinein.«

Sanft berührte ich meine Freundin am Arm, als mir noch etwas klar wurde. Ich war Ella, die es gewohnt war, Pläne zu schmieden und zu kontrollieren. Hatte ich gedacht, diese Ella ein Stück hinter mir gelassen zu haben, war sie hier doch wieder voll in ihrem Element aufgetaucht. Die Angst, abgelehnt, verletzt zu werden, schützte mich zwar davor, wieder den Boden unter den Füßen zu verlieren, sorgte aber gleichzeitig dafür, dass ich mir auch jede Möglichkeit nahm, hoch hinauszufliegen. Ich schluckte. Tatsächlich hatte ich meine Angst als Ausrede genutzt, mich selbst anzuketten.

In meinem Kopf erschienen wieder die Worte, die Jay auf der Plantage zu mir gesagt hatte. Verpasste ich gerade womöglich die wichtigen Augenblicke, die bedeutungsvollen Momente, weil ich versuchte, um jeden potenziellen Stolperstein meiner Zukunft herumzuplanen? Ich kannte es so. Immer hatte ich alles gegeben, mögliche Hürden vorherzusehen, bloß in großem Bogen daran vorbeizugehen, nicht zu fallen. Ich hatte all meine Sorgen und Ängste regieren lassen. Da war die Angst, nicht zu genügen, zu enttäuschen, die Angst, nicht erfolgreich zu sein, zu versagen, die Angst, abgelehnt zu werden. Was tun wir Menschen nicht alles und alles *nicht* aus Angst?

Ich erinnerte mich an meinen Sprung vom Felsen auf Waiheke Island. Auch dort hatte ich Angst gehabt, sie war mit mir den Felsen hochgeklettert, mit mir heruntergesprungen, sie hatte mich achtsam gemacht. Aber eigentlich hatte ich erst dadurch die Möglichkeit gehabt, mutig zu sein. Und ich verstand, dass es in meiner Hand lag, ob ich die Angst als Ketten verstand oder sie wohlwollend als Ratgeber hereinbat.

Als Ava und ich wieder in unserem Hostel in Taupo ankamen, saßen Jay und Liam mit einer Gruppe fröhlich lachender Backpacker vor einem dampfenden Topf Spaghetti, zu dem wir ebenfalls herzlich eingeladen wurden. Immer wieder versuchte ich, Jays Blick zu erhaschen, eine Möglichkeit zu finden, mit ihm zu sprechen, doch er schien vertieft in ein Gespräch mit einer jungen Frau namens Amber, die neben ihm am Tisch saß. Schließlich erhoben sich die beiden mit den Worten, ein wenig frische Luft schnappen zu wollen. Als sich daraufhin ein stechendes Gefühl von Eifersucht in mir ausbreitete und Bilder in meinem Kopf entstanden, was wohl *frische Luft schnappen* hieß, beschloss ich, dass es höchste Zeit war, ins Bett zu gehen.

......

Für den nächsten Tag hatten wir eine Segelbootstour auf dem Lake Taupo gebucht. Als ich aufwachte, stellte ich jedoch fest, dass es nicht der Wecker gewesen war, der mich geweckt hatte, sondern das durchdringende Schnarchen einer Zimmergenossin. Ich blickte nochmal auf die Uhr und stöhnte leicht auf. Es war noch viel zu früh.

Nachdem jedoch sehr schnell klar war, dass ich nicht mehr einschlafen würde, tauschte ich meine Schlafsachen gegen Shorts und T-Shirt und verließ leise das Zimmer.

Als ich kurz darauf nach draußen trat, ließ mich die kühle Luft des Morgens an meinen nackten Beinen erschaudern. Kurzerhand setzte ich mich auf die kleine Holzbank neben dem Haus. Der Himmel war von einem atemberaubenden Farbenspiel überzogen und tauchte die Welt in einen Glanz, voller Hoffnung und Versprechen für den neuen Tag. Ich grüßte eine junge Frau, die mir in Sportkleidung entgegengejoggt kam. Dann war ich wieder allein, Stille um mich herum.

Bewusst sog ich den Geruch des Morgens ein, während jeder Atemzug mich mehr in mir ruhen ließ, mich stärker fühlen ließ. Die Luft in meinen Lungen füllte mich mit leben: Ich war bei mir und ich war hier.

»Hey, da bist du ja«, sagte Ava, als die Sonne bereits hoch am Himmel stand und nachdem ich noch einen kurzen Spaziergang gemacht hatte. Nicht viel später machten wir uns auf den Weg zum Lake Taupo. Das Segelboot war größer, als ich es erwartet hatte, und mit etwa zehn anderen Menschen kletterten wir über die hölzerne Reling. Alle Seile wurden gelöst und dann glitt das Boot fast geräuschlos durch das kristallklare Wasser. Unser Guide begann kurz darauf, uns die Geschichte des Maori Carvings zu erzählen, zu dem wir fahren würden.

Während die anderen sich alle einen Platz auf dem Schiffsdeck gesucht hatten, lief ich nach vorne zum Bug. Als ich mich an die Holzbrüstung lehnte und hinaus auf die Weite des Sees blickte, blies mir der Wind durchs Haar, während die Sonne mein Gesicht wärmte. Ich nahm wahr, wie mein Herz stetig und fest schlug, fühlte das sanfte Wiegen unter meinen Füßen.

»Das ist das Leben, oder? Einfach zu *sein*.«
Ich wusste, dass es Jay war, noch bevor ich mich umdrehte. Seine tiefe Stimme hatte inzwischen etwas Vertrautes und auch etwas, das meinen stetigen Herzschlag kurz durcheinanderbrachte. Einen Moment hielt ich inne. Jay stand keinen Meter von mir an die Reling gelehnt und musterte mich. Ich versuchte in

seinem Blick zu lesen, wie die Dinge zwischen uns
standen, ohne eine Antwort zu finden.

50

......

Ich trat einen Schritt beiseite, um Jay neben mir am Bug Platz zu machen, und er nahm die stille Aufforderung an. Während ich seine Wärme neben mir spürte, schien der See noch blauer, die Sonne auf meiner Haut noch wärmer, der Wind, der mein Haar leicht umspielte noch sanfter. Es war, als würde ich alles in meinem Umfeld mit einem Mal noch intensiver wahrnehmen als zuvor, während mein Herz wieder zu flattern begann.

Und ich wusste dass, auch wenn das Kribbeln, das Jay in meinem Bauch auslöste, seinen Anteil daran hatte, es vor allem daran lag, dass ich mich lebendig fühlte, dass ich zuließ, dass das Leben genau jetzt in diesem Moment einfach gut war.

Lachend streckte ich meine Arme zur Seite aus und aus irgendeinem Grund fühlte ich mich plötzlich unbesiegbar.

»Ich fliege, Jay«, rief ich.
Seine Augen fingen an zu funkeln, und dann stimmte er in mein Lachen ein.

»Und ich bin der König der Welt!«

Titanic hatte unser Schweigen gebrochen. Vorsichtig berührte ich Jay leicht am Unterarm.

»Es tut mir ehrlich leid, wie ich mich verhalten habe … Das war einfach völlig daneben, dich ohne

jede Erklärung so sitzen zu lassen. Und vor allem feige
…«

Er blickte mich nur stumm an, dann nickte er und lächelte zögerlich.

»Ich habe mich ziemlich vor den Kopf gestoßen gefühlt. Also lass uns dafür sorgen, dass so etwas nicht nochmal vorkommt.«

Bei seinen Worten fragte ich mich, ob er dies auf das Schweigen oder unseren Kuss bezog. Doch im nächsten Augenblick ergriff Jay meine Hand und drückte sie kurz. Und dieser Moment war wie ein stilles Übereinkommen darüber, dass alles okay war. Ein Übereinkommen, das unserer Freundschaft eine zweite Chance gab, wofür ich unendlich dankbar war.

Da blickte Jay mich plötzlich fragend an: »Also Ella, wofür lebst *du*?«

Verblüfft über diese plötzliche, tiefgründige Kehrtwendung sah ich ihn an. Und dann überraschte ich mich selbst, denn ich kannte meine Antwort auf seine Frage. Sie lag genau hier. In meinen Füßen, die auf dem hölzernen Deck standen und das seichte Wiegen des Bootes ausglichen, in den kleinen Wellen, die wir hinter uns ließen, sie lag in der Wärme der sanften Sonnenstrahlen auf meinem Gesicht, im Glitzern des Sees. Und sie lag im stetigen Klopfen meines

Herzens, in meinen zügigen Atemzügen, in der plötzlichen Aufruhr in meinem Magen.

»Ich möchte das Leben intensiv spüren, ich möchte meinem Leben eigene Bedeutung verleihen und hoch hinaus fliegen können.« Ich streckte meine Arme lachend in die Luft.

»Und dafür werde ich jetzt üben…«, ich stockte und ließ meine Arme wieder sinken, bevor ich weitersprach: »Ich übe, mutig zu sein. Dafür lebe ich.«

Jays erstaunter Gesichtsausdruck zeigte mir, dass er mit dieser Antwort nicht gerechnet hatte. Mein Blick wanderte von seinen Augen hin zu seinen Lippen, die sich sanft zu einem warmen Lächeln verzogen.

»Wofür genau musst du mutig sein?«, fragte er mich schließlich, als ich wieder aufblickte und mich immer tiefer in seinem intensiven Blick verlor.
Statt einer Antwort beschloss ich, dass es jetzt oder nie war, Angst an die Hand.
Und dann küsste ich Jay. Ich nahm seine Überraschung wahr, bevor er mich mit einem festen Griff näher an sich zog. Und dann spürte ich, wie sich seine Lippen sanft für meine öffneten, während die Welt um uns herum verschwamm.

……

»*Warum nicht*, ist die Frage«, sagte Liam lautstark, als wir am nächsten Morgen beim gemeinsamen Frühstück saßen.

Jay sah mich fragend an.

»Wenn Ella mitmacht, bin ich auch dabei.« Ich verdrehte die Augen.

»Dann bin ich dabei, wenn Ava mitmacht.«

Ava vergrub ihr Gesicht in den Händen und stöhnte: »Das ist Erpressung mit Todeswunsch!«

Ich schluckte, als eine Stimme in meinem Kopf meiner Freundin recht gab. Man sprang schließlich nicht alle naslang aus einem Flugzeug. Doch bevor ich zu lange darüber nachdenken konnte, gab ich mir einen Ruck.

»Bereit, das Leben zu spüren?« Herausfordernd sah ich in die Runde.

Kurze Zeit später standen wir alle auf der Fallschirmsprungliste für den Nachmittag und wenige Stunden darauf fuhr auch schon die rosafarbene Limousine vor, die uns zum Flugplatz bringen sollte. Zu dem aufgeregten Kribbeln in meinem Bauch gesellte sich ein flaues Gefühl im Magen, während mein Herz stetig höher schlug. Beruhigend drückte Jay meine Hand, doch auch in seinem Blick konnte ich Anspannung lesen.

Als wir auf der Fahrt am Lake Taupo vorbeikamen, tönte die Stimme des Fahrers zu uns nach hinten: »In einer Stunde werdet ihr das hier alles von oben sehen können!«

Aus Ava brach ein leicht hysterisches Kichern heraus, während sie leise murmelte: »Warum mache ich so etwas?«
Genau dieselbe Frage stellte ich mir in diesem Moment ebenfalls.

Die Fahrt verging schnell und am Flugplatz wurden wir als Erstes mithilfe eines Videos über den Ablauf informiert und in die Haltung eingewiesen, die wir beim Absprung einnehmen sollten. Als ich kurz darauf auf einem Zettel angeben musste, welche nahen Angehörigen im Falle des Todes informiert werden sollten, überlegte ich für eine Millisekunde, doch alles abzubrechen. Dann machte ich mir bewusst, dass ich nicht allein sprang, sondern mit jemandem, der professionell ausgebildet war. Ich würde jetzt keinen Rückzieher machen.

Ich füllte alle Angaben aus und wir wurden zu viert auf den Flugplatz geführt, wo wir schließlich ein Ganzkörpergeschirr anlegten. Ich sah, dass bereits einige andere Menschen um uns herumstanden und auf das kleine rosafarbene Propellerflugzeug warteten, das uns vier Kilometer in die Höhe bringen sollte. Als es schließlich heranfuhr, kam ein Mann mittleren Alters mit Dreadlocks auf mich zu und stellte sich als mein Tandem-Partner Benny vor. Nervös blickte ich mich zu den anderen um und mein Blick streifte den von Jay, dessen Augen fest auf mich gerichtet waren. Sein Lächeln strahlte Zuversicht aus, beruhigte mich für einen kurzen Augenblick. Und dann ging alles schnell. Wir stiegen ins Flugzeug und für etwa fünfzehn Minuten ging es nach oben, während die Häuser unter uns immer kleiner wurden und Lake Taupo nur noch eine Pfütze war.

Benny zog alle Gurte fester und ich sah, wie das erste Tandem-Paar bereits an der Luke nach draußen saß. Von einer Sekunde auf die andere waren sie plötzlich weg. In diesem Moment war ich mir sicher, dass mein Herz stehenblieb.

Und dann war ich schon an der Reihe. Während Benny und ich Richtung Tür rutschten, kamen wir direkt an Jay vorbei. Gegen den Lärm rief ich: »Das muss das Mutigste in meinem Leben sein, das ich je gemacht habe.«

Jays Augen leuchteten, als er zurückschrie: »Spring und hab den Mut zu leben!«

Dann stieß Benny sich ab, mein Kopf schaltete sich aus und wir fielen.

57

....

Ich spürte, wie mich jemand am Arm antippte, und plötzlich war ich wieder da. Mit einer rasenden Geschwindigkeit bewegten wir uns durch die Luft, die Erde weit unter uns. Es fühlte sich anders an, als ich es erwartet hatte. Statt zu fallen, schien ich zu fliegen. Ich musste lachen. Wortwörtlich flog ich hoch hinaus.

Benny bedeutete mir, mich umzuschauen, zeigte auf das Blau des Sees weit unter uns. Der Wind pfiff durch meine Haare und die Mischung aus Aufregung und Nervenkitzel war überwältigend. Ein Jauchzen entfuhr mir und dann wurden wir plötzlich nach hinten gerissen. Erschrocken versuchte ich, mich umzuschauen, realisierte aber dann, dass es nur der Fallschirm war, der nun offen war und uns ausgebremst hatte.

In großen Kreisen segelten wir langsam Richtung Boden. Stück für Stück kam die Erde näher, wurde Lake Taupo wieder größer. Dann hielt Benny mir die Steuerleinen hin, bedeutete mir, sie zu ergreifen und vorsichtig kam ich seiner Aufforderung nach.

Die Griffe fühlten sich stabiler in meinen Händen an, als erwartet. Mit etwas Hilfe zog ich leicht am linken Griff und etwas ruckelig drehten wir in die Kurve ein.

In diesem Moment wusste ich: Die Welt stand mir offen, meine Möglichkeiten unendlich. Was ich tun wollte, war es mutig das Steuer zu ergreifen. Es ging nicht nur darum, was ich mir alles wünschte, sondern darum, was ich gewillt war zu tun, welchen Einsatz ich bereit war zu geben.

Noch wusste ich nicht, wie die Reise weitergehen würde. Ich wusste nicht, ob ich zu meinem Studium zurückkehren oder mich ganz neu orientieren würde. Ich konnte nicht ewig reisen – oder vielleicht doch? In irgendeiner Form würde immer ein Alltag einkehren müssen. Es gab keine Garantie dafür, wie es mit Jay und mir weitergehen würde. Doch ich wusste, die Freundschaften, die ich hier geschlossen hatte, der Schmerz, die Verzweiflung, die ich zeitweise gespürt hatte, und all das Kribbeln, das mich Jay fühlen ließ, hatten für mich jetzt gerade Bedeutung. Und diese Bedeutung war es mir wert, meinen vollen Einsatz zu bringen.

……

Ende.

Sarah Renneberg, 1996 in Bonn geboren, hat ihre ersten Geschichten mit zwölf Jahren geschrieben – mit dem Traum, irgendwann einmal Autorin zu werden. Inzwischen arbeitet sie als Psychotherapeutin (i.A.), macht mit Begeisterung Sport und findet in Bewegung einen perfekten Ausgleich zum Schreiben – welches auch weiterhin eine Herzensangelegenheit für sie ist.

IMPRESSUM

HERAUSGEGEBEN VON

©2025 Sarah Renneberg (2. Auflage)

VERLAG

BoD · Books on Demand GmbH,
Überseering 33, 22297 Hamburg,
bod@bod.de

DRUCK

Libri Plureos GmbH
Friedensallee 273
22763 Hamburg

ISBN: 978-3-7693-5109-5

Die Deutsche Nationalbibliothek verzeichnet
diese Publikation in der Deutschen National-
bibliografie; detaillierte bibliografische Daten
sind im Internet über dnb.dnb.de abrufbar.